AF596334

TROVAS CLÁSICAS

TROVAS CLÁSICAS

FLOR DE CUATRO PETALOS

Nahui Ollin

Cristina Olivera Chávez

Colibrí

Título de la obra: TROVAS CLÁSICAS

Subtítulo: Flor de cuatro pétalos

Diseño de portada: Cristina Olivera Chávez

Primera Edición: Agosto 2020

Edición y maquetación: Edwin Antonio Gaona Salinas

ISBN: 9798846733367

Independently Published

San Antonio Texas- Estados Unidos

Dedicatoria

A Dios

Agradecimiento

A la Creación divina

Gracias te doy Padre Santo
por el don que me otorgaste.
¡Escribir lo que amo tanto
porque tú me lo inspiraste!

Sinopsis

En el libro, consta la creación de la "Trova Clásica" de Cristina Olivera Chávez que difunde desde la Organización Mundial de Trovadores, en diferentes concursos a nivel del orbe. Podría decirse que la teoría y las andanzas de la trova clásica, están aquí. Esperamos que la poesía de este tiempo siga creciendo, con este micropoema de versos medidos y rimados.

Prólogo

Prologar este libro ha constituido un placer de proporciones inigualables, porque he leído de primera mano, las letras de Cristina Olivera Chávez en su versión virginal. Lleva una historia, quizá propia de los poetas, que al duro tiempo lo funden en arte, en palabra, frase o verso, para formar las lumbreras que iluminaran en el tiempo.

Me parece trascendental conocer las líneas artísticas de la poetisa Cristina Olivera. El origen de la Trova Clásica como la bautiza, para exponerla y difundirla. Esta forma de hacer poesía en estos tiempos profundiza en los micros literarios, me refiero a las esencias de moda: la micro novela, el microrrelato, el microcuento, y por qué no afirmarlo, con esta versión de Cristina, el micropoema, pero con versos medidos, rimados y aromatizados por la filosofía, el amor, y quizá, en todo el tiempo con la búsqueda del bien más preciado de la sociedad, como es la paz, es decir, con el sentir clásico de los poetas, de bregar por conseguir en el contexto social una concienciación propia para beneficio de la humanidad.

Este libro lleva los humanismos elevados a la máxima expresión, con la poesía en su esplendor, esa de la sencillez, la de humildad, pero también esa relación sincera que debe haber con las otras criaturas del planeta, las mascotas y los silvestres, las plantas del jardín y las de la selva. Así Cristina nos deja consejas perfectas y muchas reverencias al hacedor de todo, nuestro amigo, el Carpintero eterno.

Al crear la "Trova Clásica" de la forma exquisita como la presenta, me alumbro de varios de sus versos, donde contengo el suspiro para explorar también su calidad poética, sus figuras, sus constancias y sus elocuencias, llegando a creer que la sutileza de lo celeste está en este libro, subtitulado "Flor de cuatro pétalos" y quisiera de alguna manera mentar su estructura y cadencia, pero es mejor que vuestra curiosidad lo explore, y se sacie con los mejores florilegios y las verdaderas emociones de este poemario.

Felicito a Cristina por este magnífico libro, e invito a los lectores a saborear lo que las musas han puesto en la tinta y el papel de esta incandescente poetisa.

EDWIN ANTONIO GAONA SALINAS
POETA Y ESCRITOR

INTRODUCCIÓN A LA TROVA CLÁSICA

Cristina Olivera Chávez.

La trova clásica o micropoema es una innovación de Cristina Olivera Chávez y la ha llamado trova clásica porque se considera un modelo clásico digno de imitación por ser de calidad superior o más perfecto.

"Es una obra considerada valiosa que perdura a través del tiempo"

Se llama trova clásica a un conjunto de cuatro versos creativos - orales o escritos que nos ponen en contacto con las ideas realizadas por los trovadores, así como su espíritu humano, con la complejidad de su psicología y de su vida.

A través de las trovas clásicas podemos llegar a conocer mejor a las personas y los pueblos, acercándonos más a nuestro mundo.

"La palabra Trova viene del provenzal antiguo o *trobar* y este del latín vulgar **tropare** "(componer un poema, hablar figuradamente, inventar, descubrir, hallar) derivada del latín *Tropus* (canto, melodía, o giro retórico de palabras)"

De ahí que se pueda decir que la trova clásica está representada por documentos escritos.

Por consiguiente, la manera de ponernos en contacto con ellos es mediante la lectura.

Leer la trova clásica es importante además de ser un proceso informativo, es también un acto de comunicación

que se lleva a cabo cuando el lector pone en juego su competencia lingüística y cultural para captar, entender e interpretar lo que lee.

Este proceso se define como una actuación con tres elementos: el autor (emisor) el cual comunica algo: el lector (receptor) quien recibe la información que se quiere comunicar, y el mensaje o contenido de la trova clásica.

Arte literario

La trova clásica como arte.

La trova clásica es una creación artística mediante el uso de la palabra.

La palabra arte se origina del latín *ars*, que significa conjunto de reglas o habilidad para hacer bien una cosa. De este concepto de deriva el sentido de la palabra arte como trabajo bien realizado.

La creación artística de la trova clásica es también perdurable porque su efecto es permanente.

Por último, se puede afirmar que la reacción a la obra artística es desinteresada ya que no se produce pensando en ninguna recompensa material. Lo que se deriva del acto de leer, escuchar o complementar una trova artística, es, a fin de cuentas, el impacto emotivo que dicha obra ocasiona de distintas maneras en cada individuo.

El triple plano de la trova clásica

De todo lo dicho, se puede concluir que la trova está integrada por tres campos de acción: (1) Un campo informativo comunicativo, que se refiere a la información

que comunica el texto de la trova: (2) Un campo artístico, que nos muestra los medios que ha utilizado el trovador, para hacer que su obra sea una obra de arte y (3) Un campo psicológico, que nos hace reflexionar acerca de las relaciones entre el texto de la trova y la vida humana.

La trova clásica o micropoema es una obra de arte menor de cuatro versos octosílabos contando hasta la última sílaba tónica dan un total de ocho sílabas métricas, con rima cruzada abab o sea rimando el primer verso con el tercero, y el segundo verso con el cuarto. Debe llevar rima consonante y tener sentido completo ya sea lírico o filosófico. Tener concordancia, ritmo, cadencia, armonía y elocuencia. No se permite el uso de licencias poéticas. Lo único que se acepta en la trova clásica es la sinalefa, las licencias poéticas quedan descartadas.

Información importante sobre la trova clásica

Concordancia:

Para expresarse de manera correcta, tiene que existir una concordancia entre los artículos, los adjetivos y los sustantivos que forman una oración.

Cadencia:

En la Literatura, la cadencia de versos está dada por la armónica distribución y combinación de los acentos, para que los versos o las oraciones no resulten duros ni defectuosos. En los versos, la cadencia se refiere a su ritmo, mientras que la cantidad de palabras es su métrica.

Armonía

La unión, fraternidad o armonía, es la virtud que trae paz al alma.

Ritmo

Su forma más habitual es la distribución de los acentos en cada verso, que concretizan la métrica de la trova clásica.

El ritmo determina la estructura de la trova clásica

Elocuencia

Facultad de escribir de modo eficaz para deleitar, conmover o persuadir.

Trova clásica lírica

El autor transmite sentimientos, emociones o sensaciones subjetivas respecto a una persona u objeto de inspiración.

Trova clásica filosófica

El autor transmite sabiduría, enseñanza, reflexión.

Metáfora

La metáfora es una figura elocuente que hace un uso figurado del lenguaje. Se utiliza para referirse a algo, pero sin nombrarlo específicamente. Las metáforas enriquecen la forma en la que nos expresamos.

Observaciones:

La letra "y", cuando tiene un sonido vocálico, se puede unir a las vocales anteriores o posteriores, o a ambas.

Si la palabra siguiente comienza por "h" no se impide la formación de la sinalefa, pues la "h" es muda y no modifica la emisión de voz.

(la humanidad) *lahu*. ma. ni. dad.

El cómputo silábico del verso tiene presente el lugar de colocación del acento de su última palabra.

No se debe confundir el computo gramatical con el computo de poesía o métrica

Ejemplo:

La- ca-sa- es- gran-de = 6 sílabas en gramática

La/ ca/ sa es/ gran/ de. = 5 sílabas métricas

Las palabras, por su acento, se clasifican en:

- Agudas u oxítonas: la sílaba tónica es la última sílaba.

En su cómputo se aumenta una sílaba.

Ejemplo de palabras agudas:

Acción, corazón, avión, traición, comezón

Cantar, bailar, mar, llorar, dolor, amor, temor

Papá, cantó, alegró, saltó

Verdad, soledad, capacidad, urbanidad, hermandad,

Los versos cuya palabra final es llana, en su cómputo no se aumenta el número de sílabas, ni se disminuye.

Ejemplo de palabras llanas:

Azúcar, automóvil, dócil, dólar, ángel, casa, mesa, perro, gato,

Los versos cuya palabra final es esdrújula, se denominan versos esdrújulos y en su cómputo se disminuye en una sílaba.

Ejemplo:

Película, párroco, afónico, héroe, obstáculo

Aplicando estas reglas de la métrica, todos los versos se consideran versos llanos, pues la sílaba tónica, aguda, grave o esdrújula, siempre se considera en penúltimo lugar, es decir, que a partir de la sílaba tónica sólo se cuenta una sílaba más.

Observaciones:

No se debe confundir la trova melódica con la trova clásica.

La trova melódica es la que se usaba y se usa para ponerle música.

y la última sílaba es asonante o consonante según se necesite, además lleva más de 4 versos.

Tampoco se debe confundir con la cuarteta, copla, o redondilla.

Observaciones:

La ortografía es importante, tildes, signos de admiración, interrogación, puntuación etc.

Vocales fuertes: AEO

Vocales débiles: IU

Las vocales fuertes no hacen sinalefa si están juntas en una sílaba. Pero si la última sílaba termina en vocal fuerte y la siguiente sílaba comienza con vocal fuerte sí, se puede hacer sinalefa.

Ejemplo:

Esa laguna es plateada.

E/sa/ la/gu/na es/ pla/te/a/da.

CATEGORÍAS ARTÍSTICAS

Las categorías artísticas corresponden a las diversas interpretaciones que hace el

artista de la realidad. Entre estas categorías se destacan:

1.- El arte por el arte.

2.- El arte con un fin docente.

3.- El arte comprometido.

El arte por el arte. Esta frase resume la posición de aquéllos que creen que el arte no debe tener un fin pragmático o utilitario.

Arte con fin docente. Este es el arte que propone instruir o enseñar, entendiendo que el arte está destinado a mejorar la condición humana.

Arte comprometido. Es arte que implica una actitud crítica o no conformista. Esta es la actitud de los que mantienen que todo artista tiene la obligación moral de poner su obra al servicio de una causa.

De lo que se ha dicho anteriormente, se entiende que una obra bien ejecutada por su creador o maestro un escrito es apreciado por su valor artístico y estético, es decir,

por su extraordinaria capacidad de afectar emocionalmente al que la lea, mire, o escuche. Si por un lado hay que admirar al artista por su gran inteligencia, sensibilidad e imaginación creadora, también hay que estimarlo por su capacidad de expresar sus sentimientos. ideas o fantasías de tal manera que su obra produzca una profunda sensación en quienes la contemplen.

Ejemplo:

Tu mirada (Trova clásica)

De paso estoy por la vida

al morir no llevo nada;

ni mi trova tan querida

que me inspiró tu mirada.

CRISTINA OLIVERA CHÁVEZ
CREADORA DE LA TROVA CLÁSICA

REGISTRO LEGAL

ORGANIZACIÓN MUNDIAL DE TROVADORES

OMT

"ORGANIZACIÓN MUNDIAL DE TROVADORES"

THE TROVADORES WORLD ORGANIZATION

O M T

NOMINATION, SOCIAL OBJETIVE, ADDRESS AND DURATION.

1. NOMINATION:

The name of the Organization will be a: "Organización Mundial de Trovadores" OMT The Trovadores World Organization OMT)

2. SOCIAL OBJETIVE:

To inscribe in her the major number of poets who write in this literary form, without distinction of nationality, age, sex, race, color, marital status or religion.

3. ADDRESS:

The address of the Organization is:

7755 Falcon Oak Dr. San Antonio Texas 78249 USA.

4. DURATION:

La "Organización Mundial de Trovadores" The trovadores World Organization will have indefinite duration.

5.-HIS LEMMA:

" Trovar con el corazón es lograr integración "

PURPOSES:

page 1

"La Organización Mundial de Trovadores", The Trovadores World Organization it is a brotherly entity, without ends of profit, without the capital, of international force of agreement with his records. The principal objetive of the Organization, will be:

A) To call the Poets and Trovadores to spreading the Trova that makes possible the brotherly participation in contests, Gatherings, Recitals and Cultural Congresses, in order that it increases the Trovadores world circle.

B) To represent before literary Institutions, the interests and not lucrative ends of "La Organización Mundial de Trovadores". The Trovadores' World Organization

C) To join to the literary sector of every Country across the Trova, managing with it, the brotherhood between the participants.

D) To stimulate the Trova and his spreading by means of the creative literary thought, as well as to promote solidary identity that extends and strengthens the intention of Organización Mundial de Trovadores (The Trovadores' World Organization)

E) The Organization will take as symbol of brotherly impulse, the diffusion of his creativities, by means of the public manifestation in cities and peoples, as well as by means of all the legal routes that are necessary to fulfill his task.

F) To belong to " Organización Mundial de Trovadores" The Trovadores' World Organization implies serving our similar ones without other conditions that those of being honest and loyal with us themselves and always having in mind that is done without any profit.

OF THE PRESIDENCY AND HIS OBJETIVE:

The Organization will have as Founding President, to Cristina Olivera Chávez, who will have inside his attributions choose the Honorary Presidents, Presidents National and Delegated in the different works that the Organization deserves.

The whole personnel of Organizacion Mundial de Trovadores The Trovadores World Organization (OMT) will have inside his obligations, spread the trova, teach the trova, add trovadores the Organization. To realize gatherings, to organize contests for Internet and when the conditions are given, to represent personally or by means of representative to the literary events that are invited.

Trying sponsors, helps of institutions or individuals to cover the expenses that the assistance implies, wittingly that these collaborations are deducible to the Income tax.

ADVIRSERS OF THE OMT:
And National Presidents

page 2

Writer, Engineer Carlos E. Rodríguez Sánchez
Writer, Doctor in Pharmacy Hildebrando Rodríguez
Writer, Journalist Radio Announcer MD Ramón Rojas Morel
Writer Colonel (r) Héctor José Corredor Cuervo

In case of death or disability or for being convenient this way to my interests and in full use of my mental powers it is my desire to grant the Organizacion Mundial de Trovadores" Trovadores World Organization to the Attorney and Engineer Carlos Eduardo Rodríguez Sanchez, in order that it continues with the intention of joining the world by means of the trova.

San Antonio Texas
Cristina Olivera Chávez
President Founder

State of Texas
County of Bexar

This instrument was acknowledged before me on 4 day of March 20 14 by Cristina Olivera Chavez
Notary Public's Signature
My Commission Expires Aug 2 2016

ORGANIZACIÓN MUNDIAL DE TROVADORES

FAYE A. THOMAS
Notary Public, State of Texas
My Commission Expires
August 02, 2016

page 3

Trovas Clásicas

"la creación de mi vida"

Cristina Olivera Chávez

TORMENTO

Yo llevo en mi pensamiento
a mi hogar cuando sufrida,
se quiebra el alma en tormento...
con golpes que da la vida.

ENTEREZA

Es mi hogar la fortaleza
que me escuda con amor;
es mi valor y entereza
en los tiempos del dolor.

CAÍDAS

En mis amargas caídas,
presente estuvo mi hogar;
me mostró varias salidas
para nunca renunciar.

MORADA

¡Un hogar para el sufrido!...
¡Oh Dios! al que pena y llora
porque hambre y frío ha tenido
y en un basurero mora.

REFUGIO

Entre flores incontables
buscó el colibrí su hogar;
por ser dulces y adorables,
refugio pudo encontrar.

INSPIRACIÓN

Tengo mi hogar en el cielo
y en el extenso universo
por ser su luz mi consuelo
e inspirarme en cada verso.

DESTINO

En el mar con sus corales
formé el hogar más hermoso:
entre gemas naturales
no hay destino tormentoso.

PRISIÓN

Yo me logro consolar
en esta celda tan fría.
Me pudieron encerrar,
pero no a mi poesía.

DESPEDIDA

Recuerdo la despedida
dolorosa de ese día:
contigo se fue mi vida,
mi musa y mi poesía.

MELANCOLÍA

El bardo en su poesía
tiene musas sin iguales;
de amor y melancolía
nacen versos inmortales.

DOLIDA

En mi celda oscurecida
no llega la luz del día;
a tientas mi alma dolida
hace a ciegas poesía.

LA VOZ

La voz de mi corazón
se escucha en el universo,
porque lleva en su razón
trova, poesía y verso.

EN TODO

Hay en todo el universo
poesía dibujada,
y expresada en cada verso
no podrá ser olvidada.

REALIDAD

Cruda es la realidad,
pero en verdad acontece,
al haber desigualdad
es que el migrante padece.

TRABAJAR

El migrante no arrebata,
sólo quiere trabajar;
logra con sudor la plata
que otro no quiere ganar.

EUROPA

Europa: son tus matices
una gema de hermosura,
por llevar en tus raíces
la savia de la cultura.

PROMESA

Dios bendito en mi dolor
y sufrimiento en la vida,
me aferro más al clamor
de tu gloria prometida.

PIEDAD

Señor, te ruego piedad,
mi cruz de dolor es tanta...
Te pido por caridad
me tiendas tu Mano Santa.

COBARDE

Dios Santo: llega la muerte...
está tocando a mi puerta,
y en cobarde me convierte
estando viva, estoy muerta.

AGONÍA

Dios bendito: mi agonía
es tan amarga y sufrida,
que mi añorada alegría
ya no pasa por mi vida.

HOSTIA SANTA

Dios está en la Eucaristía,
Hostia Santa inmaculada;
de Dios es la cercanía
que convida a su morada.

UN RAYO

Dios formó el amanecer
con un rayo de esperanza;
al ver que al anochecer
se perdía la confianza.

PREGÓN

¿El cantar de una cigarra
podrías tú interpretar?
Mas mi amiga la guitarra
sabe su fin pregonar.

MOMENTOS

Guitarra del trovador:
en tus cuerdas hay momentos
de gozo, llanto y amor.
¡Un cantar de sentimientos!

SALVADOR

Padre Santo: tu bondad
puede salvar a la Tierra.
¡La paz en la humanidad
está perdida en la guerra!

IMPERIAL

Quien siempre tiene amarrada
a la paz, luz imperial;
su alma tendrá calcinada
en un infierno inmortal.

LUCES NATURALES

Las caracolas y estrellas
entre peces y corales,
son del mar lindas doncellas
con sus luces naturales.

EDÉN

Edén de aguas cristalinas
es el mar en lo profundo;
Dios puso plantas divinas...
Las más hermosas del mundo.

BELLEZA

Dios agitó los colores
arrojándolos al mar,
para extender sus fulgores
y su belleza pintar.

JUGANDO

Estrellas y caracolas
con caballitos del mar,
van jugando entre las olas...
¡Soñando el cielo alcanzar!

OFRENDAS

El mar sepulcro de tantos.
Sus ofrendas son corales.
Tristes delfines con cantos
despiden a los mortales.

QUIERO

Quiero quedar en el mar
con peces y caracolas,
y por rezos el cantar
que hace el tumbo de las olas.

AMARGURA

La música que descarga
llanto, pesar y amargura,
es del planeta que carga
los restos de la natura...

PRELUDIO

La selva tiene su fiesta
con un preludio ideal,
sinfonía en su floresta
con música natural.

CORO

Música del mar….sus olas
con su coro de gaviotas;
secundan las caracolas
logrando divinas notas.

MÚSICA DIVINA

La música más divina
está en la naturaleza;
su sonido nos fascina
por su natural belleza.

SINFONÍA

La más bella sinfonía
la compone la natura;
su música es la armonía
que Dios Santo nos procura.

CORAZÓN

Con música se enamora
al más duro corazón;
y si es de amor, queda y mora
en el alma y la razón.

ARMONÍA

Escucha la sinfonía:
es perfecta y natural...
Las aves en armonía
trinan música inmortal.

INMORTAL

La música instrumental,
la triste y desgarradora;
es la que llega a inmortal
por ser del que se enamora.

AYUDA

Yo quiero ayudar al pobre
con todo lo que lo oprima,
pero no con lo que sobre.
¡Quiero llevarlo a la cima!

SACRIFICIO

Con esfuerzo y sacrificio
aumentará nuestra estima,
sin caer al precipicio
llegaremos a la cima.

GENEROSIDAD

Dejar pistas de uno mismo
cuando a la cima se llega;
es no actuar con egoísmo
si al más débil las entrega.

CASI

Tal fue el ansia de tenerte
y el amor que me sublima,
que casi encuentro la muerte
al subir por ti a la cima.

ALPINA

Nace en la cima más alta
la estrella de plata alpina:
porta el amor y resalta
la preciosa flor divina.

ENCANTO

Son las cimas un encanto,
de pie de león cubiertas.
Flor alpina como un manto
de alas bajo el cielo abiertas.

EDELWEISS

En la cima alta y nevada
la edelweiss o flor alpina,
soporta la fiera helada...
Con la muerte no se inclina.

CEGUERA

Quien tiene luz en los ojos
y por sentimientos nieblas,
su camino será abrojos
y lo lleva a las tinieblas.

LÁGRIMAS DEL MAR

Cada mar sabe esconder
una lágrima salina,
al no poder comprender
porque el hombre lo extermina.

EL LLANTO DEL MAR

El llanto triste del mar
entristece a los delfines;
comprenden su exterminar
de sus peces y jardines.

DESPEDIDA

Triste fue la despedida
la de tu alma y la mía.
Te llevaste en tu partida
la paz, la luz, la alegría.

COCUYOS

La noche enciende su manto
con cocuyos, si hay nublado...
La luz del cielo y su encanto
no aparecen por su lado.

RUEGO

Un pequeño girasol
entre zarzales perdido,
rogó a Dios la luz del sol
y salvarse del olvido.

ORANDO

Dos huerfanitos oraban
buscando la Santa luz
de Jesús y suplicaban
quitara carga a su cruz.

EL SOPLO

La luz que me sostenía
en las lides de la vida,
la apagó un amargo día
el soplo de tu partida.

SILENCIO

Tú, mi silencio, recibe
no quiero más perturbarte;
tu desamor se percibe...
Prometo de mi arrancarte.

CADENA

Perdón es arrepentirse
si se comete un error;
acercarse a Dios y unirse
en su cadena de amor.

PENSAMIENTO

Perdón y arrepentimiento,
amar y darse la mano,
debe ser el pensamiento
del que dice ser humano.

HOY

No pidas perdón mañana,
hoy te debes redimir;
quizás la muerte temprana
diga: -Es hora de partir.

CRECIMIENTO

Perdón todos lo merecen
al estar arrepentidos;
al pedirlo es cuando crecen
en alma, mente y sentidos.

PERDONAR

Yo vi el perdón en los ojos
de una madre abandonada;
arrodillada entre abrojos
perdonó ser humillada.

MISERICORDIA

En él bullen los modales
de misericordia andina;
ejemplo es de los mortales:
El cóndor nunca asesina.

SIN DISCORDIA

Vi un gato flaco, viejito
y hambriento, mas sin discordia,
que no mató al pajarito.
! Le tuvo misericordia ¡

HEROÍSMO

Candentes lenguas de fuego
no ataron al perro amigo
de salvar al perro ciego.
¡Misericordia hay contigo!

PIEDAD

Yo vi con las alas rotas
la mariposa entre espigas,
recibir néctar en gotas
de sus piadosas amigas.

TERESITA

Teresita es una flor.
También es nombre de santa;
una porta su color,
la otra sólo a Dios le canta.

SOLIDARIDAD

Las aves al ver comida
vuelan rápido a avisar
a otras, en paz convivida,
juntas puedan almorzar.

EDÉN

Árboles: bendición santa
de fruta, sombra y pureza;
nunca los cortes y planta
tu edén de vida y belleza.

GRATITUD

Cuando nace la alborada,
los pájaros agradecen
con cantos en la enramada
o en árboles que florecen.

SEMBRAR

Cuida la naturaleza
y comienza a sembrar;
la Tierra es vida y belleza
y la debemos cuidar.

DESEO

Florecita esperanzada:
ya marchita está en espera
de ver la nueva alborada
en eterna primavera.

FIDELIDAD

Aquel que en su vejez ama
y es fiel a su compañera,
nunca apagará la flama
ni en invierno o primavera.

IGUALDAD

Una gata alimentaba
a gatos y ratoncitos;
misericordia mostraba
con los pobres huerfanitos.

SOLIDARIO

Amar es ser solidario
con la fauna, con la flora;
poder cuidarlas a diario
desde que nace la aurora.

NÍVEO

Amar con el pensamiento
y con muy tierna mirada,
es níveo sentimiento
que da todo y pide nada.

GRACIA

Amar induce al perdón
a pesar del sufrimiento;
Dios nos regala ese don
que apaga el resentimiento.

VIRTUDES

En un manto de virtudes
Dios hilvanó a la mujer;
valerosa en actitudes
y ser justa al proceder.

PRIMOROSA

Es la flor más primorosa
que opaca el amanecer;
es gentil, fuerte y valiosa...
Sin dudar es la mujer.

FEMENINA

Femenina y delicada
asombra con su poder;
responsable y dedicada:
su secreto es ser mujer.

REGALOS

Dios le puso a la mujer
valor, ternura y constancia:
dones que le dio al nacer...
y amor con perseverancia.

CAMINAR

Caminar es saludable.
Además, no contaminas:
es ser con la Tierra amable
ya que su ambiente iluminas.

TORPEZA

No matarás, todo incluye
la Tierra con sus bellezas,
mas el hombre las destruye
por causa de sus torpezas.

PINTORAS

Dos pequeñas estrellitas
cada noche en la laguna,
pincelan con sus manitas
el esplendor de la luna.

FIDELIDAD

A pesar de tanto mal
que la luna ha presenciado,
sigue fiel brillando igual
porque Dios está a su lado.

CONFIANZA

En Dios confía la luna
aun con siglos de guerra;
constante es como ninguna
al darle brillo a la Tierra.

REY DE REYES

Con respeto y humildad
nació cumpliendo las leyes;
murió por la humanidad
Jesucristo el Rey de reyes.

SACRIFICIO

Nació con el sacrificio
y la humildad por su lado;
mucho amarnos fue su oficio
que cumplió crucificado.

NIÑO JESÚS

La humildad del Niño Dios
mantuvo por su bondad;
hasta expirando en su adiós
rogó por la humanidad.

CELEBRACIÓN

Que al Niño Dios se celebre
con mucha felicidad.
Naciendo en pobre pesebre
nos dio ejemplo de humildad.

ALMA DE NIÑO

El que obra con humildad
gana respeto y cariño;
demuestra la calidad
de tener alma de niño.

BELLA FLOR

La bondad es bella flor
que nació bajo una estrella
en Belén cuando el amor
de Jesús brotara en ella.

LOS PASOS

Los pasos sigues del santo,
madre Teresa, de prisa;
secas del sufrido el llanto
con tu cálida sonrisa.

HUMILDAD

Con sus humildes sandalias
la madre Teresa invita
a cambiar cardos por dalias
mientras Dios se lo permita.

SAN FRANCISCO

El santo de Asís amaba
hasta el polvoroso risco;
amor y paz pregonaba
y su nombre fue Francisco.

ASIS

De Dios una vara santa
parte un corazón arisco;
la fe del Señor es tanta
que se la dio a san Francisco.

AGRADECIMIENTO

A mi maestro agradezco
su nobleza y caridad,
él me corrige, y yo crezco
al comprender su bondad.

FRANCISCO ÁLVAREZ HIDALGO

Maestro como pagar
lo que usted hizo por mí,
por su tiempo regalar
a su amiga colibrí...

CHISPA

Chispa, diminuta luz
ven y prende con pasión:
vida a mi pesada cruz
donde ha muerto la ilusión.

DESALIENTO

En amargo desaliento
mi alma vive sin amor;
la chispa del sentimiento
ha quedado sin fulgor...

CON AMOR

Con una chispa de amor
en toda la humanidad,
no existiría el dolor
ni el crimen y su maldad.

ABRIGADOR

Una chispa de valor
al arriero en su camino;
con su fuego abrigador
va aclarando su destino.

FUSIÓN

Una chispa de ilusión
vi que en tus ojos brillaba
al mirarme hubo fusión
porque su luz me abrasaba.

CANTAR

Cada chispa es un cantar
de amor para la fogata,
porque al fuego logra amar
con ardiente serenata.

LLAMARADA

Cada chispa baila y canta
en fogosa llamarada,
al fuego alienta y encanta
su pasión de enamorada.

EL LLANTO DEL NIÑO

Su cara mojaba el llanto
y la tumba del jardín,
con tristeza y con quebranto
por su instructor de violín.

DESPEDIDA DOLOROSA

Con llanto desgarrador
tocó su humilde violín
el niño a su profesor
al mirar su triste fin.

EL NIÑO Y EL VIOLÍN

En el sepulcro quedaron
los restos del profesor;
niño y violín derramaron
tristeza, llanto y dolor.

LA TRISTEZA DEL CLARÍN

Un trino desgarrador
se escuchaba del clarín,
al ver tristeza y dolor
en el niño del violín.

CAMPANITAS

Campanitas de esperanza
suenen, toquen cada día
con fortaleza y confianza...
¡Llenen todo de armonía!

HUMILDAD

De esperanza una cascada
requiere la humanidad;
de fe debe ser bañada
con un toque de humildad.

JUVENTUD

La esperanza es juventud
del alma en la humanidad;
su esplendorosa actitud
la alumbra en la oscuridad.

INTANGIBLE

Intangible es la presencia
de la esperanza esplendente,
pero anima con su esencia
si el corazón la presiente.

ABANDONO

La esperanza, fiel amiga,
conmigo estuvo en mi suerte;
con su ausencia me castiga
hoy que estoy frente a la muerte.

SUICIDA

Un beso le dio confianza
al suicida solitario,
brotando en él la esperanza
en la cruz de su calvario.

LEYENDA (Guanajuato México)

En el callejón del beso
se ha cobijado el amor;
aquel que ama queda preso
en su castizo dulzor.

LA LLORONA

Como dice la leyenda
la llorona va gritando:
¡Ay, mis hijos! Dios me tienda
el perdón que estoy buscando.

NIÑO PERDIDO (Ciudad de México)

Calle del "Niño perdido"
¿Es leyenda o fue verdad?
De un vástago que escondido
murió de hambre y soledad.

DON JUAN TENORIO

Leyenda se hizo el Tenorio,
el don Juan de doña Inés;
por su amor hizo un jolgorio
y el mundo puso a sus pies.

LUNA Y MAR

Trina el cenzontle un cantar...
La leyenda milenaria:
que se amaron luna y mar
cada noche pasionaria.

MIRADA DE NIÑO

En leyenda convertida
fue tu mirada de niño,
que alentó siempre mi vida
con su callado cariño.

SENSITIVA

Es el agua sensitiva...
La vida por ella corre,
si la cuidas te motiva
y contenta te socorre.

FLOR SILVESTRE

Sensitiva flor silvestre
por ser sencilla ignorada,
no aprecia el torpe terrestre
que por Dios fuiste creada.

RAYO FINO

Sensitiva es la cascada
si el Sol y su rayo fino
dan color a su bajada
con un arco iris divino.

MUROS

Aquel que levanta muros
muestra su debilidad,
va por caminos oscuros
privado de libertad.

EL LLANTO DEL CIELO

Los ojos tristes del cielo
mojan la Tierra con llanto,
al ver la muerte en su suelo
lanza en truenos su quebranto.

CALLEJÓN

La vergüenza se ha perdido
en el callejón del vicio;
la moral se fue al olvido
para morar en un quicio.

ANTIFAZ

Ya ha perdido, la vergüenza
el lodo cubre su faz;
el criminal sinvergüenza
ya no ocupa un antifaz.

BRISA

En el llanto de la brisa
hay un mensaje secreto:
el hombre corre de prisa,
vuelca lo verde en concreto.

DESESPERACIÓN

Morirán la primavera,
verano, otoño e invierno;
la Tierra, se desespera
al no ver futuro eterno.

OFENSA

Ofendemos de Dios su obra:
el verdor de la natura,
pero la muerte se cobra
dejando la Tierra oscura.

DEPREDADOR

Nada quedará en la Tierra.
El hombre es depredador;
destroza, mata y destierra
lo que nos legó el Señor.

HERMANO

Cuando pierdes un hermano,
pierdes parte de tu vida;
es como perder la mano
que te ayudó en la subida.

HERMANDAD

Se trabaja con más ganas
cuando hay unión y hermandad;
juntos, amigos y hermanas
se torna en fraternidad.

HERMANOS

Los hermanos que más quiero
son de humildad infinita;
sin fama, casa y dinero
tienen el alma bonita.

ENGAÑO

Cuántas veces, engañada
mi vida hicieron pedazos;
del fraude quedó preñada
e hizo de mi alma retazos.

LA FE

Señor, la fe necesito
sembrada en mi corazón;
con fervor la solicito
expandida en mi razón.

URGENTE

Fe necesita la gente
porque ha perdido el fervor;
con solicitud de urgente...
Dios bendito por favor.

ILUSIÓN

La buscamos con anhelo:
porta dicha y emoción.
Su fuerza nos da consuelo...
lleva por nombre ilusión.

CULTIVAR

Yo cultivo un sentimiento
que me invade de emoción:
tener en mi pensamiento
el brillo de una ilusión.

LA FUERZA

La fuerza más poderosa
que se debe atesorar
más que una piedra preciosa,
es una ilusión sembrar.

ALOJAR

Deja brillar una estrella
si cargas desilusión,
tu vida será más bella
si alojas una ilusión.

DISIPAR

Disipa cualquier tristeza
de alegría es bendición;
tiene esperanza y terneza
y es linda flor: ¡La ilusión!

FERVOR

A los pies de Dios orando
con fervor la paz pidió;
Dios le contestó llorando:
por ella mi hijo murió...

PREMIO NOBEL

El primer nobel del mundo
jamás ha sido entregado;
fue el de paz y amor profundo.
¿Vencedor? Jesús amado.

LUZ DIVINA

Navidad es luz divina.
Grandiosa prueba de amor;
esa luz siempre ilumina
por ser de Dios su esplendor.

AMIGO

El amigo siempre acude
si te ve necesitado;
nunca la desgracia elude
es un ángel a tu lado.

FORTALEZA

Más que la piedra y el clavo
mi voluntad es de acero;
ni de rodillas ni esclavo
perderá mi fe el esmero.

NUNCA

Nunca dejes de sembrar
árboles en tu calzada,
mucha vida podrás dar
en cada nueva alborada.

ESTRELLA

Una estrella matutina
siempre espera ilusionada,
ver que todo se ilumina
después de la madrugada.

ALEGRÍA

La más preciosa expresión
es sin duda la alegría;
su contagiosa emoción
lleva inmortal armonía.

SIN ALEGRÍA

El hambre, guerra y pobreza
que se vive cada día,
pinta en los rostros tristeza,
tapa el sol de la alegría.

SI HAY AMOR

La alegría es advertida
en los rostros infantiles,
si hay amor y si hay comida
en lugar de haber fusiles.

NO PUEDO

No puedo hablar de alegría
si escucho dolor y llanto,
la Tierra sin armonía,
los pájaros sin su canto.

INMENSIDAD

Este amor por ser intenso
no parece realidad,
y parece estar propenso
a aumentar su inmensidad.

EL CARIÑO

El cariño más divino
si se endulza con bondad,
lleva por meta un destino:
aumentar su inmensidad.

LA SONRISA

Niño Dios al sonreír,
tu sonrisa es la promesa
del edén que va a venir
e invitarnos a tu mesa.

PLENITUD

La oración es poderosa
es plenitud de esperanza,
gema misericordiosa...
Con ella todo se alcanza.

PRENDIDA

Prendida en mi corazón
tengo tu dulce mirada:
antorcha es de mi razón
de amorosa llamarada.

EMOCIONES

Pasabas por mi ventana
y encendías emociones,
como el sol de la mañana
con rayitos de ilusiones.

MARANGUAPE (Brasil)

Tierra de amor y de ensueño,
cuna de las alboradas.
Maranguape es el diseño
que dibujaron las hadas.

CON EL SOL

Con el sol y las estrellas
Maranguape fue pintada;
fue Dios que dejo sus huellas
en esa tierra soñada.

SÓLO DIOS

¿Cuántos granos hay de arena?
¿Cuántas gotas tiene el mar?
Lo que el piélago almacena
sólo Dios puede contar.

PUERTAS

El abrir puertas prohibidas
que nos conducen al vicio,
es prender fuego a las vidas
y es dar a la muerte inicio.

SIN DESISTIR

Si la esperanza desiste
en todo lo que soñamos,
la vida se torna triste
en el camino que andamos.

ALBORADA

En la primera alborada
nació también la esperanza,
para animar nuestra estrada
si se pierde la confianza.

ALABANZAS

Las flores también levantan
los pétalos con amor,
cuando los pájaros cantan
alabanzas al Señor.

BORDADO

Bien se pueden hilvanar
nuestros versos en desvelo;
la noche sabe bordar
nuestras trovas en el cielo.

EL TRIGO

Quien sólo el hambre conoce
el trigo sabe apreciar,
pues el que la desconoce
suele el pan desperdiciar.

CONSEJO

De Dios su sabio consejo
en mi madre fue la luz,
sé honesto, joven o viejo,
más ligera hace tu cruz.

MONARCA

Las mariposas monarca
son un mar de inmensidad,
pintan de oro la comarca
volando con libertad.

PUREZA

Entre los bosques nevados
se ve de Dios la belleza,
castamente iluminados
de inmensidad y pureza.

AMISTAD

En los ojos bondadosos
puedo ver la inmensidad
de los cielos más hermosos
donde brilla la amistad.

SINCERIDAD

¿Mentiras? Ni las piadosas.
Siempre decir la verdad.
Así deben ser las cosas:
Hablar con sinceridad.

MERENGUE

Merengue dominicano,
el rey de todos los sones;
se lo digo de antemano...
anima los corazones.

BONANZA

Un camino de bonanza
repleto de paz y amor,
es una excelsa esperanza
de hacer un mundo mejor.

AMOR Y PAZ

Un camino bien labrado
fortalece nuestra Tierra;
si amor y paz has sembrado,
no cosecha odio ni guerra.

LABRADOR

Un camino diferente
con mis manos voy labrando:
paz y amor entre la gente
voy por el mundo sembrando.

SOLEDAD

La soledad es cual rosa
perfumada con tristeza;
tiene alas de mariposa
sin colorida belleza.

SONRISA

De las flores la más bella
es sin duda la sonrisa,
por ser brillante centella
que iluminarte precisa.

CIENCIA

El hombre que ama a la ciencia
no la vende al ser humano;
estudia con gran paciencia
para tenderle su mano.

CENIZAS

Las cenizas de la vida
son recuerdos de una brasa,
con fuego ha sido encendida
y en tu memoria se abraza.

RAMBO

Rambo, mi perrito amigo,
sin peros ni condiciones,
en mis días sin abrigo
me brindó sus afecciones.

COMPAÑERO

Rambo, mi fiel compañero,
perrito de gran nobleza,
cuando llegue mi hora, espero
me colmes de fortaleza.

CACHORRITO

Rambo, extraño tu presencia,
cachorrito de mi andar:
estoy triste por tu ausencia
como una luna sin mar.

IMPLORACIÓN

Dios Santo, una madre llora
al ver a su hijo sufrir,
y de rodillas te implora
que lo salves de morir.

CONFIANZA

el árbol confiado espera
su follaje renacer,
con flores en primavera
y nunca el invierno ver.

PETICIÓN

Dios Santo, Padre bendito,
no quiero riqueza y gloria;
quiero este mundo bonito
con amor, paz y victoria.

EL LLANTO DE DIOS

Dios está triste, llorando.
El hombre su obra destruye;
ve la Tierra agonizando
y nadie la reconstruye.

ENTEREZA

Dios, en mi cuerpo hay dolor
y en mi corazón tristeza:
te pido fuerza y valor
y no perder la entereza.

VACÍO

Hay tanto vacío en tu alma,

que la riqueza y poder

no pueden comprar la calma

ni aun volviendo a nacer.

PRESENCIA

Dios en todo está presente,

abstracto como el amor;

no se ve, pero se siente

como el aroma en la flor.

CORDURA

Vive siempre con cordura;

en ella hay poco dolor;

en tu alma la paz perdura

como el verdadero amor.

TELAR

La mañana es un telar
que Dios hizo con las flores;
por fondo puso un trinar
de pajaritos tenores.

JUVENTUD

Juventud: bella, salvaje
tan difícil de domar;
al ir gastando tu traje
te llegas a doblegar.

EL ATEO

A Dios invoca el ateo
aunque niegue su existencia;
un santo Tomás lo veo
pero ciego y sin prudencia.

EL SABIO

Si un sabio toca a tu puerta
déjalo entrar con aprecio;
no vivas la vida incierta
o con temor como el necio.

COMPARTIR

Qué gran placer es dormir
con la sonrisa en la boca,
trazada por compartir
pan al que a tu puerta toca.

NO...

No defraudes al amigo
que te ayudó en tu orfandad;
porque no hay mayor castigo
que el de perder su amistad.

PATRIA

Patria mía, no desistas
a los pies del malhechor;
yo te pido que persistas
por ver un mundo mejor.

NO DESTRUYAS

No destruyas nuestro hogar
dijo mi madre llorando;
tus hijos van a bogar
en un barco zozobrando.

EDAD

Aceptar siempre la edad
con plena sabiduría;
aceptar la realidad
con juvenil alegría.

JUANA DE ARCO

Juana de Arco fue a la hoguera
sin honor ni gratitud;
entregó su vida entera...
¿Su premio? ¡La ingratitud!

LEALTAD

Veo que la lealtad
se acompaña de virtudes,
como la sinceridad
y las buenas actitudes.

DESPERTAR

Solamente estoy dormida
y despertar es mi espera;
cuando Dios en nueva vida
traiga eterna primavera.

AMAR

Dichoso el que sabe amar

porque ama tender la mano

al que pide sin hablar:

natura, animal y hermano...

SIN ESPERAR

Hay que amar sin esperar

una sonrisa siquiera;

así sabrás que al amar

se engrandece el alma entera.

JESÚS CRISTO

Mi jefe es un carpintero,

gran sabio y predicador;

del amor es misionero

de las almas pescador.

EL ALBA

Después de una noche triste,
siempre el alba enamorada
olvida todo y se viste
con la hermosa madrugada

LLUVIA

Si tu mirar lluvia tiene
mojando tu corazón,
piensa que el arco iris viene
tras el negro nubarrón...

BENEFACTOR

Si tu riqueza es factor
que socorra al pordiosero,
puedes ser benefactor
del humilde limosnero.

POR ORO

Por oro sangre inocente
fue derramada en la Tierra;
el codicioso inclemente
en su avaricia se encierra.

FALSO BRILLO

El oro aun siendo brillante
es metal, sin alma, frío;
codiciado es por su amante
que en común tienen vacío.

CODICIA

Cuando el oro es codiciado,
muchas tragedias arrastra;
es sortilegio dorado
que al buen sentimiento castra...

DE ACERO

Oro, metal que conviertes
en acero el corazón;
por tu condición no adviertes
que haces perder la razón.

FLOR ALCATRAZ

Alcatraz: con tu belleza
se inspiraron los pintores,
porque tu blanca pureza
carece de otros colores.

EL SOPLO

Un soplo cruel de rechazo
me llegó sin esperarlo;
ya sin fraternal abrazo,
¡Oh Dios! ¿Cómo superarlo?

DISCORDIA

Cuando un soplo te lastima
resoplando la discordia,
¿Cómo volver a la estima
del trino de la concordia?

LA TRAICIÓN

Vestida de ángel llegaba
guardando su mala acción,
ya que en su soplo entregaba
el halo de la traición...

SENTIMIENTOS

Se conjugan sentimientos
de llanto, amor y amargura;
en cada tango hay lamentos
del dolor que no se cura.

OSCURIDAD Y BRILLO

Bandoneón y violín,
piano, tema y estribillo,
hacen del tango un jardín
con oscuridad y brillo.

FRANQUEZA

-Viejo tango: tu franqueza
arrastra historias de amor;
del desengaño y tristeza
en sus notas de dolor...

NOSTALGIA

"Madreselva" y "Caminito"
viejos tangos de un poblado;
han dejado en cada escrito
la nostalgia del pasado.

HERMOSAS QUMERAS

Tango de hermosas quimeras
que Amado Nervo compuso:
es " El día que me quieras"...
Y notas Gardel le puso.

EL PASADO

Se agitan los sentimientos
en cada tango cantado,
al recordar los momentos
dolorosos del pasado.

ESTRELLA

Hoy se ha apagado una estrella,
la más linda de mi cielo;
murió junto con mi anhelo.
Ya en mi vida no destella...

PETICIÓN

Al morir quiero a mi lado
lo que más me dio alegría;
esas que hube amado
cada trova y melodía.

ME GUSTAN

Me gustan las poesías
y la música en mi existir;
poemas y melodías
quiero escuchar al morir.

INSPIRACIONES

Las melodías y versos
son bellas fascinaciones;
con sueños dulces inmersos
dan al bardo inspiraciones.

RUISEÑOR POETA

Vuela ruiseñor poeta
a cantar entre las flores;
ellas comprenden tu meta
de encender más sus colores.

TRINAR DE VERSOS

Un hermoso ruiseñor
sabe bien trinar poemas;
es poeta y trovador
con su canto exhala gemas.

ARMA MORTAL

La criminal resortera
que un niño toma en su mano;
mata a la familia entera
que mora en nido cercano.

ENVIDIA

Un nido bien construido
soporta los vendavales;
aunque sea sacudido
por envidiosos rivales.

CARRUSEL DE CENIZAS

Un carrusel de cenizas
cálidas por ser recientes;
lleva cargando las trizas
de muchas almas dolientes.

FLORACIÓN

Floración de los cerezos
de jardines japoneses;
en espirituales rezos
siempre brotas y floreces.

SAKURA

El cerezo es venerado
por su don espiritual,
sakura en flor tu llamado
es de paciencia inmortal.

NEGACIÓN

Hoy los cerezos sin flor
se niegan a florecer;
por el hombre sin honor
que los hace fenecer.

ENAMORADA

Quedó al cerezo abrazada
una hermosa flor brillante,
por estar enamorada
de ese árbol elegante.

LIBERTAD LAMARQUE

Dejó su Patria, llorando
desterrada por una mujer;
Libertad sigue triunfando
con su voz canta... ¡Volver!

HERMANA NATURALEZA

Mi hermana naturaleza
me brinda, salud y amor;
de ella tomo fortaleza
cuando me invade el temor.

UN PERRITO

El perrito y sus virtudes
ofrece sin condiciones;
sin las malas actitudes
del hombre con sus acciones.

GOTITAS DIVINAS

En las aguas cristalinas
se perfila la confianza;
y entre gotitas divinas
se refleja la esperanza.

INTANGIBLE

Intangible como esencia
es la esperanza silente;
y florece su presencia
si el corazón la presiente.

ESTRELLA DE LA ESPERANZA

Tus cinco rayos son luz
estrella de la esperanza;
para soportar la cruz
de la cruel desesperanza.

DE PASO ESTOY

De paso estoy por la vida
al morir no llevo nada;
ni mi trova tan querida
que me inspiró tu mirada...

SENTENCIA

Despreciarán la nación
que es regida sin justicia;
al culpable dar perdón
y al inocente injusticia.

LA PUERTA

Por cerrarme cada puerta
sin culpa alguna tener;
la mía hallarás abierta
cuando decidas volver...

MIS ALAS

Mis palabras tienen alas
que nacen del pensamiento;
visten sus mejores galas
de arrobados sentimientos.

FORTIFICAR

Musa, alegría y amor
entre ilusiones bordadas;
fortifican el valor
de mis alas lastimadas.

LIBERTAD

Sólo Dios cortar pudiera
la libertad de mi viaje;
vuelo siempre a dondequiera
con mi liviano equipaje.

VUELA PALOMA

De la paz blanca paloma
sigue tu vuelo incansable;
que no se pierda el aroma
de tu lucha interminable.

ESPINAS

Duelen mucho las espinas,
de la amarga decepción;
invisibles y asesinas
directas al corazón...

MANDATO

Amar, mandato divino.
Como franca solución
despeja, el mal del camino
logrando la salvación.

ORGULLO

El orgullo mal nacido,
destruye a la humanidad.
Es mejor ser bendecido
al derramar humildad.

RECUERDOS

Los malos recuerdos, matan
pertenecen al pasado;
mas si ellos persisten te atan
a vivir crucificado.

LEALTAD

El amor y la amistad
siempre dejan la fragancia
de pureza y lealtad
sin importar la distancia.

CANSANCIO

Si mi corazón cansado
ya no quiere tu presencia;
es porque está atribulado
y apura tu pronta ausencia.

HONESTIDAD

Dormir en paz es fortuna,
del hombre es bendición.
Aun nacido en pobre cuna
no acepta la corrupción.

FLOR SILVESTRE

Sensitiva flor silvestre
por ser sencilla ignorada;
no aprecia el torpe terrestre
que por Dios fuiste amasada.

CASCADA

Sensitiva es la cascada
si el sol y su rayo fino
da color a su bajada
con un arco iris divino.

CEREZO

De Japón es la belleza,
el cerezo florecido;
que Dios pintó con certeza
con su hermoso colorido.

LIMONERO

En una tarde sombría
pude escuchar los lamentos
del árbol en agonía,
en sus últimos momentos.

TITANIC

Del Titanic fue agonía
su primer y último viaje.
Vanidoso en su porfía
zozobró con su pasaje.

ESPERANZA

Si muriera la esperanza
todo se iría con ella:
amor, valor y confianza
y hasta el brillo de una estrella.

ESTRELLA BRILLANTE

Cargo una estrella brillante
me acompaña en mi añoranza;
ella me saca adelante
lleva por nombre, ¡esperanza!

GOTITAS

Siembro flores de esperanza
cuando tengo depresión;
riego en ellas la confianza
con gotitas de ilusión.

DECEPCIÓN

Sólo un corazón sincero
no acepta la decepción.
Ciego va por el sendero
de la cruel desolación.

DUDA

En pedazos un cristal
no se puede reparar.
Con la duda pasa igual
siempre se tiende a dudar.

MORTANDAD

¿Dónde estará el brillar
de la luna y las estrellas?
Del cenzontle y su trinar
tampoco quedan sus huellas.

DESVELO

Las mejores melodías
son escritas en desvelo;
de tristezas y alegría
van descorriendo su velo.

GOLPES

Si muchos golpes recibes,
desborda el llanto sin pena;
te hace bien si todo escribes
lo que siente tu alma buena.

PERDÓN

El perdonar es sublime,
controlar la ira también;
el corazón se redime
si se abona con el bien.

LA FLOR PETUNIA

Bonita flor elegante
vivirás en mi memoria;
fuiste en mi vida un instante
pero grabada en mi historia.

SIN FRONTERAS

Las alas del trovador
son las trovas mensajeras;
repletas de paz y amor
desconocen las fronteras.

POR AMOR

Flora y fauna son belleza
magna obra del Creador.
Bendita naturaleza
protéjanla por favor.

VANIDAD

Las nocturnas mariposas
fueron reinas de las flores;
mas por ser tan vanidosas
ahora lucen sin colores.

NATURALEZA

Si a la natura maltratas,
a Dios estás lastimando.
Si la torturas y matas
la Tierra vas condenando.

DEBER

Cuidar de la creación
es al Señor alabar.
Proteger cada estación
es su vida eternizar.

PICHONCITO CARDENAL

No claudico, mas el llanto
brota como manantial.
Expresa mi triste canto
porque ha muerto el cardenal.

SOLIDARIDAD

El cielo también lloraba
por mi triste sufrimiento;
y con la lluvia cantaba
al compás de mi lamento.

JUEGO MORTAL

Fue certera la pedrada
que hizo pedazos el nido.
Juega así la chiquillada
que valores ha perdido...

AZUCENA

Se marchitó mi azucena
recibió lluvia de más.
¡Oh! florecita serena
no te olvidaré jamás.

FUGAZ

Con un fuerte abrazo sientes
cariño, consuelo y paz;
tres sentimientos silentes
en un instante fugaz.

BIENESTAR

Una caricia en el alma
se recibe al abrazar;
concede consuelo y calma
y también da bienestar.

SEGURIDAD

Un abrazo da confianza
prodiga seguridad;
su carga lleva esperanza
con un toque de bondad.

PRUDENCIA

En la vida tener prudencia
significa el evaluar;
el riesgo de la inconciencia
y poderla controlar.

MISIÓN

Dios en su cielo divino
pinceló a las mariposas.
Son las flores su destino;
su misión cumplen airosas.

FLORECITA

Delicada florecita
dadora de fe y esperanza;
para aquel que necesita
recuperar la confianza.

SEMILLAS

El buen Señor no regala
las semillas del amor;
porque ellas hacen gala
de hacer un mundo mejor.

REMEMBRANZA

Remembranza es el camino
del recuerdo inolvidable;
de todo el que hizo un destino
en una ruta honorable.

INOCENTE

Queda azorado y no atina
que significa ser fuerte.
El autista no adivina
cuando está, cerca la muerte.

LOS BOMBEROS

Los bomberos forestales
se arriesgan por la natura.
En los incendios mortales
salvan a cada criatura.

PERDURABLE

La voz escrita perdura
si fuerte es su contenido;
cargada de fe y cordura
su objeto habrá obtenido.

LIBERTAD

Ni el más tirano enemigo
le quitó la libertad;
a ese pensamiento amigo
que expresara su verdad.

ANA FRANK

Entre candentes cenizas
brotaba su voz escrita.
Sembrada quedó en las brisas
la remembranza de Anita.

ALZHAIMER

Sin ninguna remembranza
la mente es un cementerio;
sepulta amor y esperanza
en la frialdad de su imperio.

NONATO

El nonato en gestación
remembranzas va tejiendo;
al sentir con emoción
dos corazones latiendo.

PORTADORAS

Volaron sobre la Tierra
como bellas mariposas;
portadoras de antiguerra
las trovas más primorosas.

FUGAZ

Fuiste una estrella fugaz
que me amó con la mirada;
tan infinita y capaz
que me dejó fascinada.

DIFUMADA

Tu presencia difumada
es la nocturnal estrella;
aparece entre la nada
pero alejándome de ella.

PRISIONERO

Trinando triste en las rejas
un pajarito en prisión;
canta sus amargas quejas
sin libertad ni ilusión.

A UN GIGANTE

Ha caído un fiel gigante.
Sus hermanos ven su suerte.
Árbol frondoso y elegante...
¿Por qué te dieron la muerte?

PIERDEN LA VIDA

La margarita y la rosa
su frágil tallo al cortar;
pierden su vida preciosa...
¿Se puede eso perdonar?

HUERFANITOS

Sin conciencia y sin razón
matan a los pajaritos...
Faltos de amor y ración
se mueren los pichoncitos.

GENEROSA

Fiel, humilde y generosa
sale en busca del sufrido.
Da su amparo silenciosa,
al que cae en el olvido.

PÉTALO

Un pétalo de esperanza
se desprende presuroso;
para brindar su confianza
al que sufre sin reposo.

DESESPERANZA

Me intimidó la mirada
de un soldado mutilado.
Sin esperanza, sin nada...
la muerte veo a su lado.

LAS LLAVES

Si amas a todas las aves:
al sol, la luna y el mar;
de amor, tú tienes las llaves
que compartes en tu andar.

LA SENDA

Aquel que sigue al Señor
y comprende su enseñanza;
tendrá por senda el amor
con la luz de la esperanza.

INQUEBRANTABLE

Vive entre mucha violencia;
pero su fe en Dios es tanta,
que ni golpes ni inclemencia
a su alma noble quebranta.

BUEN CAMINO

Quien violencia ha soportado
y no acumula el rencor;
es que nunca se ha apartado
del camino del amor.

SEMBRADOR

La violencia no germina
en quien sabe perdonar.
Porque con amor camina
y sólo paz sabe sembrar.

DESPEDIDA

La última luna contigo,
despedida inesperada...
La noche lloró conmigo...
la Luna quedó eclipsada.

TRISTEZA

De la luna la tristeza
cuando alumbra más la Tierra;
es ver su casta belleza
manchada con hambre y guerra.

PLEGARIA

Luna bella esperanzada
con la paz del universo;
la fe mantiene alumbrada
en la plegaria de un verso.

FIDELIDAD

A pesar de tanto mal
que la Luna ha presenciado;
sigue fiel brillando igual
porque Dios está a su lado.

OSCURIDAD

Hoy en oscuridad plena,
mi alma ausente de arrebol;
es como la luna llena
nada es, sin la luz del sol.

FANTASÍA

Pintoresca es la laguna,
tiene lotos y carrizos;
que embellecen a la luna
con flores sobre sus rizos.

ETERNIDAD

Ni amigos. fuimos siquiera,
pero hubo una llamarada;
que me dio la primavera
eterna, con su mirada.

SEVILLA

Tengo Sevilla a mis pies
es como decir el cielo.
Venga el vino de Jerez
para brindar por su suelo.

MIGRANTES

Somos los niños migrantes,
mas nos dicen invasores.
Con manos y pies sangrantes
buscamos tierras mejores.

DESVENTURA

No fue mi afán de aventura,
fue la miseria tajante,
que me dio la desventura
de convertirme en migrante.

NIRVANA

Las flores con su nirvana
son el alma de las flores;
que llevan en caravana
mis hermanos trovadores.

TRINOS MAÑANEROS

Trina el pájaro contento
llamando a sus compañeros;
¡Comparte el feliz momento
de sus trinos mañaneros!

ADIOS

Nos dejó un día primero
sólo se quedó dormida...
En un helado febrero
nos anunció su partida.

MASACRE

No disfrutó su niñez.
robaron su juventud.
Una muerte sin vejez
es vida sin plenitud.

EL NIÑO DE LA CALLE

soy la imagen del hambre
abandono y soledad;
de la sociedad calambre
invisible a su piedad...

DIOS PADRE

A Dios Padre con amor
dedico mi poesía,
por estar en cada albor
procurando mi alegría.

ESPLENDOR

Esplendor tienen las flores
el sol y las alboradas;
siempre en brillantes colores
¡halo son de las cascadas!

PERRO DE PELEA

Convertido en asesino
sólo conozco la muerte.
¡Horroroso es mi destino
tú decidiste mi suerte!

¡DI NO, A LAS DROGAS!

Di no, a las drogas amigo
No, seas consumidor.
Es crimen y es enemigo...
¡Sin cliente no hay productor!

POBREZA

Soledad, frío y tristeza
son el pan de mi amargura,
es terrible la pobreza
la muerte tengo segura.

¿DÓNDE ESTÁ?

¡Padre! ¿Dónde está tu edén
para pobres y sufridos?
Porque aquí, no habrá ni quién
pueda escuchar sus gemidos...

"EUCALYPTUS DEGLUPTA"

Árbol de muchos colores
es verdadero y bonito.
¡Con todos sus esplendores
se parece al infinito.!

LOS CAMPESINOS

Los que trabajan la tierra
son hombres de paz y amor.
Siempre dicen no, a la guerra,
a la violencia y dolor.

MARIA LUIZA WALENDOWSKY

María Luiza lleva el cielo
en su mirar cristalino,
sus pestañas son el velo
de un edén puro y divino.

DOSCIENTAS ALMAS

A los campos de la muerte
doscientas almas marchaban.
Treblinka marcó su suerte
niños y Korczak no lloraban...

LOS SANTOS REYES

Llegaron los santos reyes
para el Niño Dios amar.
De humildad fueron sus leyes
al llegarse arrodillar.

ATARDECER

Atardecer de acuarela
sueños de melancolía;
traza del recuerdo estela
al final de cada día.

DEJAD EN PAZ

¡Ya deja en paz al autista!
no humilles al mutilado,
al que está desfigurado
o el privado de la vista.

PIEDAD

Al postrado en una silla.
El demente o mutilado.
No le claves más la astilla
al sordomudo o lastimado.

MI GINA

Una flor bella y divina
nacida con mucho amor;
ella es soldado mi Gina.
¡Es de la patria su honor!

TAMMY

Tammy mi niña bonita.
el cielo llevas en tu alma.
¡Eres la estrella infinita
que a mi vida trajo calma!

DAVID

Es mi gordito precioso
Un angelito del cielo;
es un ser maravilloso
que a mi vida da consuelo.

RECICLAR

Cuida la Naturaleza
y comienza a reciclar,
¡la Tierra es una belleza
y la debemos cuidar!

LA ROSA

Esta rosa es mi amistad
que para siempre tendrás;
ella tiene eternidad
y nunca la olvidarás.

EL MADERO DE JESÚS

Fui sombra, fruto y color,
un árbol lleno de luz,
jamás pensé en ser dolor
ser madero de Jesús...

MI MORENITA

Es mi bella Virgencita
la flor más linda de amor;
Lupita es mi morenita,
que al cielo le da esplendor.

EL REBOZO

Santa María Del Río
bella cuna del rebozo;
los artesanos con brío...
¡Lo tejen con arte y gozo!

ARTABÁN

Quedó en el olvido su huella
de un cuarto mago Artabán.
¡Perdió el rastro de la estrella
un rey que no olvidarán!

LA ORACIÓN

La oración es poderosa
ella tiene paz, y amor.
Pura y misericordiosa
sanadora es del dolor.

PILARES

Pilares de mis valores
sostengan la trova mía.
¡Para pintar de colores
la ilusión y la alegría!

LAS RAÍCES

Soy del árbol fortaleza,
a sus flores doy: matices
sombra, oxígeno y belleza
¡Dios me dio buenas raíces!

LA CASA AZUL

La casa azul tiene historia
en san ángel por señas;
que a Frida cubrió de gloria.
¡Al mirarla, hasta la sueñas!

CONSTANCIA

La lucha será constante,
sin haber tregua o demoras.
¡Así se saldrá adelante
para ver la nueva aurora!

JOYEL

Joyel de bellos colores
es mi dulce colibrí;
que al volar entre las flores
también vuela, junto a mí.

MANDELA

Mandela líder valiente,
buscó solidaridad.
¡Su corazón y su mente
querían la libertad!

MILAGROSO

El amor, es milagroso
es, la fuente de armonía;
por ser el canto amoroso
que Dios torna en sinfonía.

METAMORFOSIS

Era un huevo diminuto,

después una oruga hermosa.

¡Crisálida fue absoluto

terminar en mariposa!

PLANTADOR

Planta árboles, son tributos

para nuestra Tierra hermosa;

brindarán: sombra, hogar y frutos.

para una vida cuantiosa.

GRATITUD

Te agradezco árbol amado,

por tantos frutos y flores;

la mano que te ha sembrado

Dios bendiga con honores.

MI PETICIÓN

Dios creador de la Tierra
protege la fauna y flora;
al depredador destierra
donde no, exista la aurora.

VICTORIA

Quien se prepara en la vida
y es honesto y responsable,
tendrá la cima querida
de una victoria honorable.

MEDIDAS

Cuando la mente se agita
se deben tomar medidas.
Calmarse el cuerpo lo grita
así se salvan las vidas.

CALAMIDAD

Paciencia y serenidad,
si llega la incertidumbre.
Ante una calamidad,
la paz te lleva a la cumbre.

SOMBRAS

Si las sombras del terror
llegaran a tu alma buena;
cúbrela con paz y amor
por ser la luz que serena.

DISCIPLINA

La constancia y disciplina
alejan a la pereza.
La mediocridad declina
actuando con entereza...

IGNORAR

Hambre, tema espinoso,
que mucho temen tocar.
Dar la espalda es vergonzoso;
es la verdad ignorar...

ES INTERNACIONAL

El hambre no es nacional
ella, está en toda la Tierra;
se tornó internacional...
La hambruna a muchos entierra.

PESQUIZA

Hambre: ¿solución, ¿quién sabe?
Está en constante pesquisa.
Para el pudiente no cabe...
saber que un niño agoniza...

SOLUCIONES

Solventar la situación
es con la hambruna acabar.
Mas si nadie toma acción;
no, se ha de solucionar...

TELARAÑA

El hambre es la telaraña,
que atrapa a niños pequeños;
usando su cruel guadaña
atrapa, también sus sueños.

CORRUPCIÓN

Corrupción e incompetencia,
fabrican un muro fuerte;
darle al hambre la potencia
y llegue pronto, la muerte...

DIFERENCIA

Son diecinueve mil muertes
al día, de niños pobres.
Si los salvas, bien conviertes
su hambruna, por unos cobres...

QUIMERA

En los cinco continentes
un milagro, el niño espera;
por caridad lo alimentes,
es su sueño y su quimera...

CONTRIBUCIÓN

Por muy pequeña que sea
tu noble contribución;
anima al niño que crea
que aún tenga salvación.

HAMBRIENTO

En los más pobres países,
la hambruna se hace presente.
Consume hasta las raíces
del pobre niño indigente.

LAMENTO

Convida siempre al hambriento
cuando pase por tu lado;
alivia ese cruel lamento
de la hambruna en su costado.

COMPASIÓN

Una cara triste muestra
hambruna y desnutrición;
aún sin hablar demuestra,
que tengamos compasión

SIN FUTURO

Descalzos y sin comer
es de los pobres su suerte.
La hambruna se puede ver
con un futuro de muerte.

A QUIÉN CULPAR

Es la sequía o escasez
la avaricia o corrupción;
el caso es que la niñez
sufre hambre sin compasión...

AUXILIO PIDE LA INFANCIA

Mortalidad infantil
por hambre y desnutrición;
es cargar sin ser fusil
la muerte y la destrucción.

RESPONSABILIDAD SOCIAL

Democracia y educación
y de salud el derecho;
lo pide cada nación.
Se requiere sea un hecho.

MANIPULACIÓN

No, a la moneda virtual,
ni chips en cerebro y mano.
Un sí, al derecho legal
de libertad al humano.

UNIFICAR

Armonía, amor respeto,
con tolerancia y justicia;
un mundo de paz repleto
sin lugar a la injusticia.

INCONSCIENCIA

Los que buscan el poder
sin conciencia ni razón;
no cumplen, con su deber
de salvar a su nación.

PROGRAMAS NEGATIVOS

La televisión y el cine,
evite, malos programas.
Para que un pájaro trine
y no acabe el bosque en llamas.

ARMAS NUCLEARES

Fauna y flora en extinción
y también la humanidad;
si una bomba hace explosión
dejará mortalidad...

LAS SECUELAS

Higiene, agua y provisiones
también vacunas y escuelas;
han de salvar las naciones
de las temibles secuelas.

CONTAMINACIÓN

Es mortal la radiación
de las bombas nucleares;
deja contaminación
para siempre en los hogares.

ESPÍRITU SANTO

La ayuda espiritual,
todos debemos pedir.
¡Para salvar al mortal
de que deje de existir!

MIEDO

Un miedo paralizante
me produce la ansiedad,
de dar un paso adelante
en un mundo sin piedad.

SOLEDAD

Soledad querida amiga
soy un triste árbol muerto.
La humanidad me castiga
Desterrándome al desierto.

ESTATUTOS DE LA ORGANIZACIÓN MUNDIAL DE TROVADORES (O M T)

TROVADORES POR LA PAZ UNIVERSAL

DENOMINACIÓN, OBJETO SOCIAL, DOMICILIO Y DURACIÓN.

Art. 1. - **DENOMINACIÓN**: El nombre de la Organización será:

"Organización Mundial de Trovadores" sus siglas: OMT

Art. 2. - **OBJETO SOCIAL**: Invitar en ella al mayor número de poetas trovadores, sin que pueda prevalecer discriminación alguna por razón de nacimiento, raza, sexo, religión, discapacidad o edad. No se aceptarán sectas de ninguna índole para evitar dañar el buen nombre de la OMT

Art. 3. - Los menores de 18 años deberán contar con el permiso de sus padres o tutores por escrito.

Art. 4. - **DOMICILIO**: La organización siguió los protocolos de creación y registro en San Antonio Texas - USA y cuenta con registros de Copyright en Washington, D. C. USA.

Art. 5.- **DURACIÓN**: La Organización Mundial de Trovadores tendrá duración indefinida.

Art. 6. - **SU LEMA**: Por el Coronel Héctor José Corredor Cuervo

Trovar con el corazón, es lograr su integración.

Art. 7. – **FILOSOFÍA**: La filosofía de la OMT es: Unir al mundo por medio de la Trova Clásica.

Art. 8. - Himno de la OMT, letra y música por el compositor Carlos Eduardo Rodríguez Sánchez.

Art. 9. - Himno por el Coronel Héctor José Corredor "Poetas del Mundo"

Letra del Coronel Héctor José Corredor Cuervo

Art. 10. - **EMBLEMA**

1º Emblema Idea de Cristina Olivera Chávez

2º Emblema idea y diseño Ahikza Adriana Teresa Acosta Pinilla

3º Emblema idea y diseño Edwin Antonio Gaona Salinas

Art. 11.- **BANDERA** – Verde, Blanco y Azul en bandas paralelas horizontales; en un solo cuerpo rectangular; hecha en gamuza para interiores. Estará prendida en asta tubular azul, terminada en esfera dorada de radio cuatro centímetros. La bandera llevará bordado el emblema en el centro. Para desfiles se usará replica de materiales y colores iguales a la original.

Art. 12.- **HERÁLDICA DEL EMBLEMA Y LA BANDERA**:

Por: Edwin Antonio Gaona Salinas

a) Heráldica del Emblema:

El emblema tiene círculos concéntricos que representan orlas o adornos, por las reglas que implican la

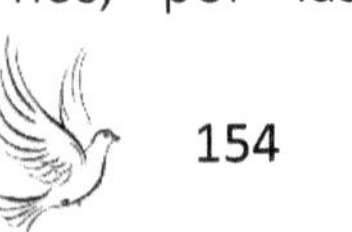

composición de trova clásica, representan además el mundo físico.

Orla (Trova Clásica)

La orla divide el espacio

entre el gigante universo;

y el viento que va despacio

va dibujando su verso.

Las manos sosteniendo los mapas, constituyen la interacción humana en el porvenir del mundo, forjando además el pensar dinámico, que las letras hacen los destinos.

Manos (Trova Clásica)

Las manos salvan la Tierra

sembrando odas absolutas.

Su trova evita la guerra

cosechando dulces frutas.

El colibrí representa la majestuosidad de las criaturas, su belleza, la miel de su alimento y la abundancia, traducido en verso la trova clásica con sus reglas y su hermosura.

Colibrí (Trova Clásica)

El colibrí por el aire

con vuelos conquista flores,

por su elegancia y donaire

pinta trovas de colores.

Los mapas que poseen en sus aires la palabra "Trova Clásica" significan que están bañados con la belleza del micropoema.

Mapas (Trova Clásica)

Los mapas nos dan la senda,

los colores gran belleza,

trova clásica es la prenda

encendiendo la proeza.

b) Heráldica de la Bandera

La bandera tiene su significación exclusiva para la OMT representando la lucha literaria de difusión de la Trova Clásica por todo el mundo, en bien de la literatura y la paz.

Bandera (Trova Clásica)

Bandera de la amistad

que iluminas cada suelo,

sembrando con libertad

la dicha de todo anhelo.

Los Colores de la bandera pretende reflejar la relación que el bien tiene respecto a la Trova Clásica, desde una visión protectora del mundo.

Color verde (Trova Clásica)

El verde de la natura

vida es y realidad,

donde cada creatura

disfruta su libertad.

Color blanco (Trova Clásica)

Color blanco tu pureza

pleno de luz y alegría,

aunque asole la tristeza

tú le pones armonía.

Color azul (Trova Clásica)

De azul se pintan los mares
y las aguas cristalinas.
Con tus versos y cantares
se logran trovas divinas.

Art. 12.- **FINALIDAD**:

La Organización Mundial de Trovadores, OMT tiene un propósito fraternal, sin capital; sin ánimo, ni fines de lucro; y con vigencia indefinida de acuerdo con sus registros.

Art. 13.- **LOS OBJETIVOS PRINCIPALES:**

A) Convocar a los poetas, trovadores, escritores, y simpatizantes de la Trova Clásica a divulgar la trova que posibilite la participación fraternal, en: Certámenes, Tertulias, Recitales, Retos literarios y Congresos Culturales, para que aumente el círculo mundial de Trovadores que buscan hacer un mundo mejor.

B) Representar ante Instituciones literarias, los intereses y fines no lucrativos de la Organización Mundial de Trovadores.

C) Integrar al sector literario de cada país la Trova Clásica, logrando con ello, la paz y fraternidad entre los participantes.

D) Impulsar la Trova Clásica y su divulgación por medio del pensamiento creativo literario, así como fomentar solidaria identidad que amplíe y fortalezca el propósito de la Organización Mundial de Trovadores. Por esta razón no se aceptan discusiones, entre los miembros de ninguna corriente religiosa o política.

Art. 14.- **LOS CONCURSOS**: Serán específicamente de Trova Clásica.

La Organización tomará como símbolo de impulso fraternal, la difusión de sus creaciones literarias mediante la manifestación pública en ciudades y pueblos, así como por medio de todas las vías legales que sean necesarias para cumplir con su objeto.

A) Pertenecer a la Organización Mundial de Trovadores implica servir a nuestros semejantes sin otras condiciones que las de ser honestos y leales con nosotros mismos, entregando aportes literarios como trovadores y siempre teniendo en mente que se hace sin fines de lucro, políticos, sectaristas o por intereses individuales.

B) Se prohíbe a los directivos dirimir delante de sus miembros cualquier diferencia que surja dentro de su mandato, éstas deben ser tratadas en línea directa con sus superiores de las directivas regionales correspondientes. Con discreción acorde a la seriedad y profesionalismo que caracteriza a nuestra OMT.

Así mismo, si algún miembro desea renunciar a su cargo por convenir así a sus intereses, deberá dirigirse a los directivos correspondientes, únicamente, sin divulgar en correos masivos a terceros la causa de su renuncia.

C) En el supuesto de que algún miembro de la organización utilice su nombramiento para fines distintos de los establecidos en los presentes estatutos, o se verifique flagrante inobservancia a los mismos, como a las políticas de la OMT deberá presentar su renuncia ante los citados directivos. En caso de no hacerlo, la OMT extenderá simple notificación en la que se agradece por los servicios y se le cesa del cargo al presunto infractor.

Se suscribirá carta de confidencialidad con las personas que conforman las directivas nacionales, con la finalidad de preservar la información reservada y el derecho a la propiedad intelectual de los autores.

Art. 15.- **DE LA PRESIDENCIA Y SU OBJETO.**

La Organización tendrá como: Presidente Fundadora, Cristina Olivera Chávez, Vicepresidente Fundador de la OMT Carlos Eduardo Rodríguez Sánchez.

Quienes tendrán dentro de sus atribuciones elegir a: presidentes, vicepresidentes delegados. Presidente y vicepresidente ejecutivos.

Todo el personal de La Organización Mundial de Trovadores OMT tendrá dentro de sus obligaciones, divulgar y enseñar la Trova Clásica, como sumar trovadores o simpatizantes de la trova y amantes de la literatura; realizar tertulias, juegos florales, organizar concursos por Internet y cuando las condiciones estén dadas, asistir personalmente o por medio de representantes a los eventos literarios que sean invitados, procurando patrocinadores, ayudas de instituciones o particulares para cubrir los gastos considerando que esas colaboraciones se recibirán como donativos y podrían ser deducibles del Impuesto Sobre la Renta, de conformidad con las disposiciones legales y fiscales aplicables en el ámbito nacional e internacional en su caso. De la misma manera cuando se tengan que hacer los Juegos Florales, se procurarán patrocinadores.

Art. 16.- **DE LOS CONCURSOS**

Los integrantes de la OMT podrán hacer concursos, de trova clásica.

Cuando el Presidente, Vicepresidente o Delegado de un país, u otro de sus miembros directivos, desee hacer un concurso ha de enviar correo electrónico a la Presidente Fundadora con copia al Vicepresidente Fundador, haciendo constar el tema del concurso y el nombre del

trofeo del concurso, el cual será autorizado siempre y cuando haya espacio dentro del calendario anual y si el promotor del concurso desea incorporar en el diploma la bandera de su país deberá ser la bandera oficial autorizada por el gobierno de ese país. La presidente fundadora, el vicepresidente fundador, presidente ejecutivo, y, vicepresidente ejecutivo, serán los únicos directivos para autorizar los concursos, así como entregar los diplomas.

Anualmente, en el mes de agosto, la Presidente Fundadora, el Vicepresidente Fundador, el Presidente Ejecutivo, o Vicepresidente Ejecutivo enviará a los directivos la solicitud para la inscripción de su concurso-país para organizar el calendario anual de los concursos, mismo que se les será devuelto para su información una vez formalizado.

Nota para los integrantes de la OMT

Todos los presidentes, vicepresidentes o delegados, podrán participar en los Concursos que realice la OMT siempre y cuando no sea de su propio país.

Art. 17.- **OTRAS REGLAS**:

No podrán hacer mal uso del emblema, bandera, himno, heráldica, sellos o nombre de la OMT utilizando con otros fines que no sean los de representar a la OMT en los eventos literarios previamente autorizados por la directiva. No podrán alterar los diplomas o los Estatutos que han sido aprobados por la directiva. La

contravención de estas normas será penalizada con la expulsión.

Previo acuerdo de los Presidentes o Vicepresidentes de cada país sacarán un concurso como plazo mínimo, una vez cada dos años.

En ninguna circunstancia más de un concurso por año, por país.

Los presidentes o vicepresidentes que no organicen un concurso dentro del período establecido perderán su posición. A menos que justifique que no lo hizo por fuerza mayor o caso fortuito.

No podrán concursar si son parte del jurado.

No podrán concursar si son los promotores de su propio concurso.

No podrán concursar si su nombre ha sido elegido para el trofeo.

No podrán concursar los Coordinadores.

Serán descalificados y expulsados los concursantes que plagien, parafraseen, o copien las ideas de los escritores novatos o profesionales.

DISPOSICIONES GENERALES

PRIMERA: El nombre de la Organización Mundial de Trovadores – OMT no podrá ser modificado para ser registrado a conveniencia agregándole: letras, frases, etc., por ningún miembro de la OMT ni por terceros a

fin de evitar consecuencias jurídicas ilegales. Tratar de formar un nuevo nombre usando las siglas de la OMT o la Organización Mundial de Trovadores.

SEGUNDA: La razón social es el nombre jurídico, administrativo y formal que recibe una sociedad colectiva o empresa en las escrituras de su constitución legal, en este caso intangible y no permitida su modificación.

TERCERA: El nombre legal de la Organización Mundial de Trovadores OMT está registrado de conformidad con las disposiciones jurídicas aplicables en los Estados Unidos de Norteamérica, en San Antonio, Texas, protegido por ® Copyright ®

OFICIOS RELIGIOSOS PARA EVENTOS PUBLICOS EN TROVA:

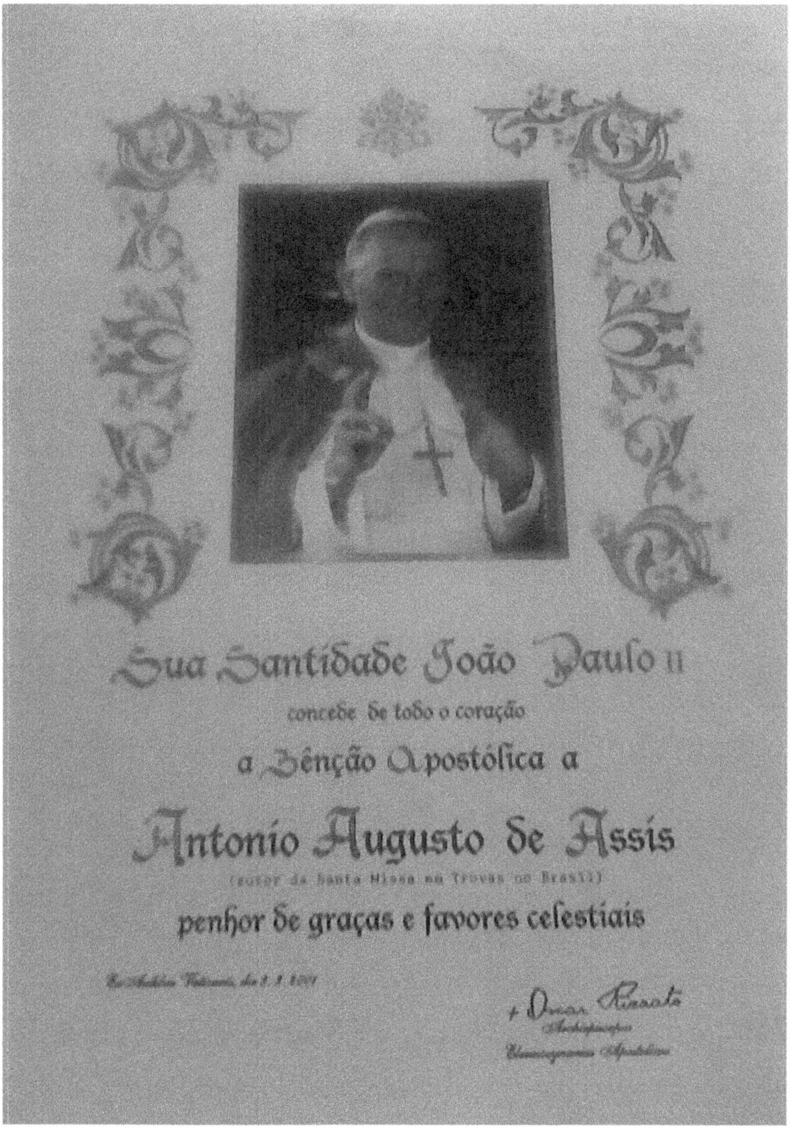

Sua Santidade João Paulo II
concede de todo o coração
a Bênção Apostólica a
Antonio Augusto de Assis
(autor da Santa Missa em Trovas no Brasil)
penhor de graças e favores celestiais

Es tradición, en algunas ciudades, oficiarse una misa, en la programación.

El gran trovador Antonio Augusto de Assis, de Maringá / PR, compuso una Misa en Trovas, adoptada y muy apreciada por los sacerdotes que celebran tal oficio religioso.

El Papa JUAN PABLO II bendijo esta misa personalmente, al leer su texto, en 1997, a pedido del presidente de la UBT Niterói, trovador Mílton Nunes Laurel, y por interferencia de sacerdotes amigos que actuaban en Vaticano.

Por lo tanto, no se trata de misa experimental, como dicen algunos sacerdotes, pues la única diferencia es que es rezado en prosa, pasa a ser en verso, en forma de trova. Nada más, y nada demasiado, porque la propia Biblia utiliza mucho de la poesía

Versos de A. A. DE ASSIS

Traducida por Cristina Olivera Chávez- México- USA

La Misa en trovas fue celebrada por primera vez en abril de 1970, en la

Catedral-Basílica de Nuestra Señora de la Gloria, en Maringá – Paraná, como acto de apertura del II Festival Brasileño de Trovadores.

A partir de ahí, pasó a ser parte de la programación de numerosos eventos literarios relacionados con la trova, en todo Brasil, de Porto Alegre a Belén de Pará.

Se recomienda que la celebración de la Misa con este texto se haga sólo en ocasiones especiales y con autorización del Obispo local.

Se pide también que, si el texto fuera impreso en folleto, haya cuidadosa revisión y conste el nombre del autor.

CONTENIDO

www.ingramcontent.com/pod-product-compliance
Lightning Source LLC
LaVergne TN
LVHW012053160826
845678LV00014B/2814

9798846733367